나를 찾아서

강한익 제2시집

시음사
시사랑 음악사랑

시인의 말

세상에 태어나 강산(江山)이 일곱 번 변하고 또다시 변하려 하고 있습니다. 살아온 날보다 살아가야 할 날들이 길지 않음을 허공을 헤매는 낙엽이 일깨워줍니다. 내세울 것 하나 없는 부끄러운 삶의 흔적을 더듬어 보고 있습니다.

삶의 무거운 짐을 내려놓으려 안간힘을 다해 보지만 쉽지만은 않습니다. 긴 세월 무엇을 위하여 아등바등 몸부림치며 살아왔는지 모르겠습니다. 가끔은 나의 존재(存在)를 잃어버리고 방황의 늪을 헤맬 때도 있습니다. 나를 잃어버린 시간이 너무 많은 듯합니다. 얼마 남아있지 않은 생애(生涯), 높은 하늘의 구름과 아름다운 산천(山川), 그리고 늘솔길 들꽃과의 이야기를 많이 나누려 하고 있습니다.

시인이라고 하기엔 어쭙잖은 시인이 제1 시집 "제주의 혼"에 이어 제2 시집 "나를 찾아서"라는 부끄럽기만 한 또 하나의 삶의 흔적을 남기려 하고 있습니다. 미숙(未熟)의 덩어리 산물입니다.

부끄러운 시집을 발간하기까지 관심과 응원을 아끼지 않으시는 창작문학예술인협의회 존경하는 김락호 이사장님을 비롯한 여러 문우(文友)님께 깊은 감사의 말씀을 올립니다.

또한, 축하의 글과 휘호를 남겨주신 한철용 작가님, 강관보 시인님! 그리고 항상 마음을 함께하는 느티나무회 김경을 회장님과 선후배 동료님, 저청 널모름회 회원님께 옷깃 여미고 머리 숙여 감사드립니다.

아울러 구순(九旬)의 장모님, 사랑하는 아내와 가족에게도 고마움의 마음을 전해 올립니다.

독자 여러분의 깊은 사랑과 조언, 그리고 질책, 염치없이 빌겠습니다. 아름다운 계절 모든 분의 건강과 행복을 기원합니다. 감사합니다.

2020년 늦가을에 강한익 올림

濟州를 노래하는 姜漢翼 鄕土 詩人

필자(筆者)는 문인(文人) 중에 시인(詩人)을 제일 좋아하고 존경한다. 간결하고 짧은 문장 몇 줄로 자신의 시상(詩想)을 즉 자신의 메시지를 완벽하게 전달하는 언어(言語)의 마술사이기 때문이다. 소설이나 수필은 자신의 메시지를 전달하려면 글을 길게 써야 하지만 시인은 짧은 시어(詩語)를 통하여 자기 뜻을 독자에게 전달한다.

우연한 기회에 육사 후배의 소개로 姜 시인을 만나게 되었다. 당시 제주의 실화(實話)인 조정철 제주 목사와 제주 의녀(義女) 홍윤애와의 사랑을 소재로 한 〈사랑의 영웅들〉이란 장편소설을 출간한 직후였다. 평소 고향인 제주다운 것이 한국적이고 한국적인 것이 세계적이라는 것을 가슴 깊이 생각하던 중 姜 시인의 시집 "제주(濟州)의 혼(魂)"을 읽게 되었다.

아름다운 濟州를 노래하며 그 시대(時代)의 삶의 애환(哀歡)을 진솔하게 시(詩)로 승화시킨 감동(感動)의 시집을 몇 차례 정독(精讀)하였다. 된장 뚝배기 향이 물씬 풍기는 주옥같은 150여 편의 시(詩), 특히 "어멍의 푸념"과 "제주(濟州)의 혼(魂)"은 우리 부모님의 시대(時代)를 떠올리게 하며 제주(濟州) 출신 많은 분에게 가슴을 울리는 작품이라 생각한다.

이제 제2 시집 "나를 찾아서"를 발간한다. 불과 한 해 남짓한 기간에 시(詩)에 대한 열정 경이롭기만 하다. 특히 자기성찰(自己省察)을 게을리하지 않는 모습을 엿 볼 수 있으며 2019년 대한문인협회 베스트셀러 우수상, 짧은 시 짓기 은상, 순우리말 시 짓기 장려상, 2020 名人名詩 특선 시인선 선정 등 창작활동에 쉼표가 없다.

제2 시집에서 제주 도두항을 관조(觀照)하는 "섬머리 포구"의 시심(詩心)은 성숙한 시인의 면모(面貌)를 읽을 수 있다.

한철용 소설가

예비역 육군 소장, 육사 26기
8사단장
5679부대 대북감청 정보 사령관

저서 : 「사랑의 영웅들」
「진실은 하나
(제2 연평해전 실체적 진실)」
「유기견 진순이와 장군 주인」

고기잡이 통통배
가슴에 보듬어 안고
파도 꽃 노랫소리에
장단 맞추며
사나운 된바람
품에 안아
토닥거리며
허공을 헤매는 갈매기에
사랑의 미소 띄워 보낸다.

하얀 옷 빨간 옷
쌍둥이 등대
그리운 임 오시는 길
불을 밝히고

야트막한 오름 자락에
묘비 없는 무덤의 주인은
그 누구를
애타게 기다리는 것일까?

그뿐만 아니라 "양심" "얼빠진 여인아!"의 작품을 통하여 우리의
가치관(價値觀)을 일깨우고 사회적 문제를 직시(直視)하는 혜안
(慧眼)은 예사롭지가 않다.

나이는 숫자에 불과하다. 고희를 훌쩍 넘겼지만 제3 제4 시집을
고대한다. 濟州의 鄕土 詩人 아니 국민의 詩人으로 큰 성장이
있기를 기원하며 아울러 姜 詩人의 두 번째 시집 출간을 진심으
로 축하한다. 독자의 많은 사랑과 성원이 있기를 기대한다.

2020, 늦가을 제주시 구좌읍 김녕리
부모슬공원 자택에서 한철용

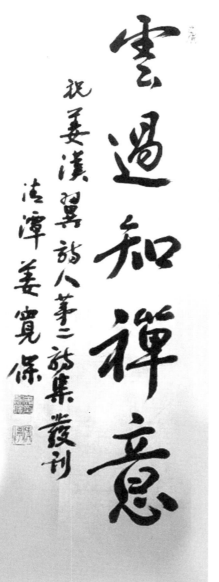

※ 구름이 지나가는 걸 보면서 신선의 경지를 안다.

清潭 姜寬保

시인, 수필가
전) 제주도의회
사무처장 (이사관)

★ 성님!
시집 발간 허젠 허난 하영 속
앉쑤다.
독자의 사랑 하영 받으십서!

(형님!
시집 발간 하시느라 수고 많
으셨습니다.
독자의 사랑 많이 받으십시
오!)

♣ 목차

♣ 목차

QR 코드　스마트폰으로 QR 코드를 스캔하면
시낭송을 감상할 수 있습니다.

본문
시낭송
감상하기

제목 : 이 우라질 녀석
시낭송 : 박순애

제목 : 칠십 백 삼십 (70, 100, 30)
시낭송 : 박영애

♣ 목차

제목 : 해바라기 사랑
시낭송 : 박영애

제목 : 가을 속의 여인
시낭송 : 박순애

시인은 자연을 이야기하고 시낭송가는 자연을 품었다.
글자는 날개를 달아 언어로 날고 소리는 자연에 눕는다.

이 우라질 녀석

이 우라질 녀석이
나를 붙들고
기해년(己亥年) 마지막 고개를
넘어가려 한다.

눈에 보이지도 않고
붙잡을 수 없는 이 녀석
멱살을 잡고
오른쪽 뺨이 왼쪽으로
왼쪽 뺨이 오른쪽으로 돌아가도록
갈겨 버리고 싶다.

보잘것없는 육신(肉身)을
야금야금 갉아 먹으며
가끔은 뇌(腦)의
세포(細胞)까지도
아가리 속에 담으려 한다.

아무리 붙잡으려
발버둥을 쳐봐도
잡을 수 없고
늘 보이지 않는 곳에서
바짓가랑이 끌어당기는

이 우라질 세월(歲月)이라는 녀석
멀리 떼어 버리고 싶다.

제목 : 이 우라질 녀석
시낭송 : 박순애
스마트폰으로 QR 코드를 스캔하면
시낭송을 감상할 수 있습니다.

당신은 누구십니까?

어느 날
거울 속에서
낯선 노인이 나를
올려다보고 있습니다.

볼품없는 얼굴에
헝클어진 백발(白髮)
군데군데 그려진 검은 골짜기
세월의 흔적이
드리워져 있습니다.

"당신은 누구십니까?"
하고 물었습니다.
대답을 하지 않습니다.

살아온 날보다
살아야 할 날이
많지 않은
곱지 아니한 모습을
물끄러미 올려다봅니다.

"당신은 누구십니까?"

어떻게 살아왔나?

아름다운 꽃 피고 지고
봄 여름 가을 겨울
일흔 번을 돌고 돌았습니다.

하늘이 문을 활짝 열어젖히고
손짓하는
인생산(人生山) 칠부 능선에서
잠시 숨을 고르며
굴곡진 삶을 뒤돌아봅니다.

파도 꽃 사이를
이리 밀리고 저리 밀리며
헤매는 난파선 마냥
헐떡거리며
앞만 보고 달려왔습니다.

눈이 있으나
멀리 보지 못하고
가슴이 있으나
깊이 느끼지 못하며
소중한 인연의 사랑에
고마움을 모르는
미숙(未熟)의 덩어리입니다.

이제 하늘이 재촉합니다.
어서 오라고!

가는 길
인연의 숲 시(詩)가 흐르는 정원에서
밴댕이 소가지를 넓히고
사랑과 배려의 마음을 키워
저만치 보이는 하늘 문을 향하여
뚜벅뚜벅 발걸음 옮기렵니다.

칠십 백 삼십(70 100 30)

어머님 아버님 나를 낳으시고
봄 여름 가을 겨울 사계절이
70회 돌고 돌았습니다.
하얀 파도 꽃 사이를 헤매는 난파선처럼
이리 밀리고 저리 밀리며
앞만 보고 달려온 부끄러운 삶이었습니다.

이승에 머물러야 할 시간
길지 않음을
하늘과 땅 그리고 바람이 깨우쳐 줍니다.
아무것도 가진 것 없이
빈손으로 태어나서
이루어 놓은 것은 보잘것없지만
한 세기(世紀)만은 머물다 가고 싶습니다.

나머지 30년
나보다 너를 위하는 배려의 마음을 키우고
좋은 생각을 하며
좋은 행동만을 하며
살아온 날들의 잘못된 흔적을
말끔히 씻어 버리고 싶습니다.

100년 세월이 흘러가면
홀라당 벌거벗은 알몸으로
가야 할 곳을 향해
너털웃음 터트리며
미련 없이 찾아가렵니다.

제목 : 칠십 백 삼십 (70, 100, 30)
시낭송 : 박영애
스마트폰으로 QR 코드를 스캔하면
시낭송을 감상할 수 있습니다.

나를 찾아서

가끔은
내가 누구인지?
어느 곳을 가고 있는지?
나를 잃어버리고
방황의 늪에서
허우적거립니다.

나에게 떠나려는 나를
붙잡으려
안간힘을 다하는데
봄바람에 날리는
꽃잎 따라 멀리멀리
달아나 버립니다.

봄 햇살 가득한
연둣빛 들녘에
이름 모를 들꽃의 향기가 번지는데
임 찾는 까마귀 애절한 울음소리
휑뎅그렁 마음속을
헤집어 놓습니다.

아!
잃어버린 나를 찾아
길을 나서야 하나 봅니다.

바보 같은 인생(人生)

천 년을 살려고 하였는가?
만 년을 살려고 하였는가?
아침이 오면 저녁이 오고
꽃이 피면 지듯
기껏해야 한 백 년의 삶인걸

세월(歲月)이 흐름도 모른 채
그 무엇을 움켜쥐려
아등바등 몸부림쳤는가?

언젠가 때가 되면
홀라당 벌거벗은 빈 몸으로
모든 것을 버리고
떠나야 할 것을..........!

내세울 것 하나 없는
참으로 바보 같은 삶임을
하늘에 매지구름이 일깨워준다.

좁다란 가슴에
허허로움만 가득하고
서산에 걸터앉은 저녁노을이
손짓을 하며
걸음을 재촉하게 한다.

사람을 찾습니다.

어느 곳 하나
흠잡을 데 없는
완벽한 사람보다
조금은 허술한 듯한 사람

마음의 창문을
꽁꽁 걸어 잠근 사람보다
한 귀퉁이
항상 열어놓고 있는 사람

장미꽃 짙은 향내가 아닌
들꽃의 향기처럼
소박함의 은은한 향기를
뿜어내는 사람

스스로 자세를 낮추어
이웃에 사랑을
아낌없이 베풀고
기쁨과 슬픔을 나눔 할 수 있는 사람

스스럼없이 다가설 수 있고
외로움을 호소하면
등을 토닥거려 주는 사람

흘러가는 세월
붙들어 매고
아름다운 계절 가을을
함께 노래 할 수 있는

사람을 찾습니다

인생(人生)이란......?

심산유곡(深山幽谷)
작은 물방울
졸졸 흐르는
시냇물을 만나
흘러 흘러가다가

때로는
바위에 부딪혀
고통의 비명을 지르며
먼 길 돌아가야 하고

땅속으로
소리 없이 스며드는
정든 이와의 이별과
붉은 단풍잎과
만남을 되풀이하며

생애(生涯) 처음 보는
큰 강물을 만나
자그마한 존재(存在)의
의미(意味)를 부르짖다가

망망대해(茫茫大海) 속에서
흔적 없이 사라져 가는
이것이
우리네 인생(人生)이겠지...........!

섬머리 포구

고기잡이 통통배
가슴에 보듬어 안고
파도 꽃 노랫소리에
장단 맞추며

사나운 된바람
품에 안아
토닥거리며
허공을 헤매는 갈매기에
사랑의 미소 띄워 보낸다.

하얀 옷 빨간 옷
쌍둥이 등대
그리운 임 오시는 길
불을 밝히고

야트막한 오름 자락에
묘비 없는 무덤의 주인은
그 누구를
애타게 기다리는 것일까?

* 섬머리 포구 : 제주시 도두항

기분 좋은 날

아프지 말고
오래 살아 보겠다는 생각에
독감 예방접종을 하러
보건소를 찾았다.

예년보다
조금은 까다로운 절차를 거쳐
팔뚝에 따끔함을 느끼며
이상한 물방울 몸속에 담고
반 시진을 기다리라 한다.

웬일인가?
마스크로 얼굴이 반쯤은 가려 있지만
상당한 미모(美貌)와
늘씬한 몸매의 아줌마가
옷소매를 잡아 이끈다.

그 기능(機能)은 상실(喪失)한 지 오래지만
얼굴이 후끈 달아오른다.
"어르신! 치매 검진 무료에요."
공짜라면 양잿물도 마신다는 속담을
머릿속에 떠올리고
팡팡한 여인이 궁둥이에 눈길을
쏟아부으며 뒤를 따른다.

"축하합니다. 만점입니다."
치매 검진 직원의 말과 함께
자그마한 선물꾸러미 손에 쥐여준다.

참으로 기분 좋은 날이다.

털머위꽃

홀연히 떠나가는
가을의 바짓가랑이 붙들고
심장(心臟) 속에 꼭꼭 숨겨 두었던
노란 속살을
거침없이 내보인다.

꽃피는 계절
소외(疏外)의 아픔
천만년 가슴에
묻어두려 하였는데

일편단심(一片丹心)
너에 대한 사랑
어찌할 수가 없구나,

낙락장송(落落長松)에 걸터앉은 까마귀
애절한 이별가
휑뎅그렁 마음을 휘젓고
허공을 헤매는 낙엽
이별(離別)이 쓰라린 마음을
토닥거린다.

옛살비의 가을

야트막한 오름 자락에
저녁노을 쉬어가고
초가지붕 위 달덩이 호박
누런빛 물들인다.

고추잠자리 허공을 맴돌며
가을을 반기고
밀감나무 초록의 동그란 열매
고운 화장을 시작하며

동구 밖 멀구슬나무
소임 다한 잎새를
갈 바람에 날려 보낸다.

마당 복판에
독일 병정처럼 나란히 서 있는
참깨의 묶음 다발은
꼬부랑 할멈의
입가에 미소를 안겨주고

활짝 열어젖힌 장독대에서
하늘나라 어머니의
그리운 향내를
가슴에 안겨준다.

詩가 흐르는 庭園(밴드)

그곳에는
삶의 아름다운 사연의
그윽한 향기가 배여 있고
사랑을 나눔 하는
천상(天上)의 꽃이 피어나고 있으며,

멋진 시어(詩語)가
나래를 펴고
겸손(謙遜)의 미덕(美德)은
훨훨 가을의 하늘을
나르고 있었다.

그곳에서
마음속 귀퉁이 자리 잡은
잡동사니 오물을
말끔히 씻어내고
진정 사랑의 마음을
채워놓을 수 있었다.

끈끈한 고운 정
인연의 고리를
단단하게 연결하고
받기만 하고
베풀 수 없는 나약함의 존재를
깨닫는다.

아름다운 그곳에
그 무엇을 나누어 줄 수 있는지
구름 속에 숨어버린
별들에 물어본다.

과유불급(過猶不及)

하늘이여!
얼마나 큰 슬픔이 있기에
끊임없이 내리는 눈물을
거두지 못하는지요?

세상만사(世上萬事)
뜻대로 이루어지지 않음을
어찌 모르시옵니까?

가을을 반기는 귀뚜라미
임의 눈물 속에 허우적거리며
찌르레기 꼭꼭 숨어 버리고
코스모스 힘에 겨워
고개를 숙이고 있습니다.

지나침은 부족함과 같음을
깨우치시고
이제 슬픔의 눈물
거두어 주시길
두 손을 모아봅니다.

해바라기 사랑

제목 : 해바라기 사랑
시낭송 : 박영애
스마트폰으로 QR 코드를 스캔하면
시낭송을 감상할 수 있습니다.

둥글고 탐스러운 볼우물 띤 얼굴
다소곳이 고개 숙이고
고운 임 오시길
애타게 기다린다.

찝쩍대는 벌 나비
훠이훠이 물리치고
가슴속에 묻어놓은 다솜
그대에게 바치려
까맣게 타들어 가는 가슴 어이 할까?

뻐꾸기 울음소리
구슬피 들려오고
한여름 뜨거운 햇살은
서러운 검은 눈물방울을
고운 얼굴에 심어 놓는다.

살짝궁 옆 눈길로
임 오시는 길섶 바라보니
스쳐 가는 한 줄기 바람에
아리아 춤을 추며
달보드레한 빗방울 가슴에 안겨준다.

오로지 그대만을 기다립니다.

* 볼우물: 보조개 * 다솜 : 애틋한 사랑의 우리말 * 길섶 : 길의 가장자리
* 아리아 : 요정의 우리말 * 달보드레하다 : 연하고 달콤하다.
* 2019 순 우리말 글짓기 대회 응모작

연안부두

이별을 슬퍼하는 뱃고동 소리
오름 자락 절벽 위 갈매기
단잠을 깨우고
매지구름 속으로 비상을 한다.

가을비 촉촉하게
아린 가슴 어루만지며
갈바람에 날려온 낙엽은
마지막 종착지를 찾아
이리저리 헤매고

수많은 이별의 사연들
구슬픈 갈매기 울음소리에
묻혀 버린다.

고개를 떨군
우산속 여인의 눈가에
이슬이 맺히고
힘없는 발걸음
어디를 향하는 것일까?

바보 이반처럼

뜨거움의 열기를
무시무시하게 뿜어내던 태양의
산등성이 옷자락을 붙들고
알지 못할 아쉬움을 털어놓는다.

황금빛 시어(詩語)를
낚아 올리기 위해
녹슬고 멍든 머리
이리 굴리고 저리 굴린 하루가
저녁노을과 함께 몸을 감춘다.

세월(歲月)의 흔적
드리워진 얼굴에
검은 꽃잎은 흩날리는데
부끄러운 나의 글 조각들
마음을 아프게 한다.

원래 바보였나 보다.

대문호 톨스토이의 바보 이반처럼
그 누가 뭐라 해도
내 마음의 생각을 꾸밈없이
진솔하게 펼쳐 내련다.

상팔자(上八字)(2)

인생 칠십 고래희
네댓 시간 산길을 누빌 수 있고
가을 하늘 뭉게구름
가슴에 안을 수 있으며

파도 소리 장단 맞추고
외로운 등대와 벗하여
한잔 술 주거니 받거니 하며

옛살비 그리우면
팽나무 정자로 발걸음 옮기어
지난 세월 뒤돌아본다.

소소리바람 불어오고
빗방울 떨어지면
누추한 비 가림 방 품속에서
보글보글 된장찌개
구수한 향기는
세상이 내 것임을 깨우치는구나.

동녘 하늘 여명이
다시 밝아 오면은

닳고 닳은 배낭 챙기어
정처 없는 산천 유람
떠나 볼까 하노라.

이만하면 상팔자(上八字) 아니겠는가?

상현달

귀뚜라미 울음소리
멈춘 지 오래고
한 줄기 소슬바람
옷깃을 여미게 하며

전선 위에 걸터앉은 상현달
굴곡진 삶을 비웃는 듯
생기 잃은
노인의 눈길을 잠시 마주하고
구름 속에 몸을 감춘다.

외로움에 떨고 있는
골목 어귀 가로등
그 누구를
애타게 기다리는 것일까?

부부(夫婦)의 인연(因緣)

당신과 나의 만남은
우연(偶然)일까?
아니면 필연(必然)일까?

무심히 흐르는
세월(歲月)의 강물에
조각배 띄워 몸을 맡기고
어기영차 노를 젓고
삿대를 저어 온 긴 시간!

사랑의 문(門)
여닫기를 여러 차례
하지만
그 문(門)은
결코 닫힐 수가 없었다.

매지구름 사이로
빼꼼히 얼굴 내민 상현달
하늘이 맺어준 인연이라고
속삭여 주며

어미 품 떠나가는 낙엽
허공을 헤매며
당신과 아름다운 인연(因緣)을
축복해 준다.

동백꽃(4.3의 혼)

기나긴 인고(忍苦)의 세월(歲月)
고난(苦難)의 수많은 사연을
좁다란 가슴에 담아 놓았습니다.

뼈를 깎이는 고통에
처절한 신음조차도 내뱉지 못하고
좁다란 가슴에 담아 놓았습니다.

매지구름 사이로
빼꼼히 얼굴 내민 햇살이
위로의 손길을 뻗쳐 올 때

솟구치는 울분을 참을 수 없어
동지섣달 칼바람에
멍울진 가슴을 풀어 헤치고
붉은 선혈(鮮血)을
토해 놓았습니다.

어디선가 날아온
동박새 한 마리
앙상한 등을
토닥거리고 있습니다.

초겨울 단상(斷想)

한줄기 된바람
고목(古木)의 우듬지에
마지막 잎새를 날려 보내며
계절이 바뀜을 알려주고

이승에 머물러야 할 시간
길지 않음을
일깨워 준다.

아등바등 살아온 긴 세월
뒤돌아보니
내세울 것 하나 없는
허망한 삶
가슴을 짓누르고

둥지 속에 몸 감춘
까마귀 애잔한 울음소리
심장 속에 파고들며
굴곡진 삶을 비웃는다.

가을 속의 여인

떠나가는 가을이 아쉬워
매지구름 하늘을 가리고
하염없는 눈물을 쏟아붓고 있습니다.

연둣빛 점퍼에
자주색 배낭을 둘러업고
빨간 우산을 받쳐 든 가을 속의 여인
백석동천(白石洞天)의
품속을 헤집고 있습니다.

어미 품을 떠나
이리저리 헤매는 단풍잎은
여인의 가슴을 더듬으며
알지 못할 서러움을
털어놓습니다.

아스라이 보이는 보현봉이 정겨운 미소
심장 속에 고이 모셔 놓고
길섶에 즐비한 낙엽의 사체를
미안스레 밟으며
고운 발걸음 어느 곳을 향해 가는지?

불룩한 배낭 속에
들꽃의 향내를 듬뿍 담고
떠나가는 가을을 동무 삼아
또 다른
행복의 숲을 찾아가나 봅니다.

* 백석동천(白石洞天) : 서울 종로구
　　부암동 백사실 계곡에 있는 명승 36호

제목 : 가을 속의 여인
시낭송 : 박순애
스마트폰으로 QR 코드를 스캔하면
시낭송을 감상할 수 있습니다.

가을 숲 소묘(素描)

고운 햇살
가을 숲 기웃거리며
어미 품 떠나는 수목(樹木)의 잎새에
이별의 손을 흔든다.

한여름
목청 높여 노래 부르던
산새들 어디로 가고
둥지 속에 몸 감춘
까마귀 합창소리
익어가는 가을 숲에 메아리치며

산자락
이름 모를 들꽃은
멀리 떠나버린
벌 나비 불러 보지만
소슬바람만 가슴에 안겨준다.

가을 산행

그 누가
오라 하기에
비지땀 흘리고
턱밑에 차오르는 숨을 토닥거리며
저 높은 곳을 오르는 것일까?

오르면
반드시 내려와야 하는
그곳에는
그 누가
기다리고 있는 것인가?

하늘과 산이 만나는 곳
애써 오르니
높디높은 가을 하늘
저만치 달아나 버리고
양털 구름 한 움큼 부여잡고
세월 한 조각
깊은 골짜기에 팽개쳐 버린다.

한가위 보름달

휘영청 밝은
한가위 보름달
산마루에 걸터앉아
가쁜 숨을 고르며
꿈에 그리는
그리운 모습을
가슴에 안겨준다.

옥색 치마저고리
곱게 단장한 어머님,
긴 수염 쓰다듬는
아버님의 근엄한 모습을
한 줄기 소슬바람에 전하여 주고

떠나가는 가을의
바짓가랑이 붙잡고
이별의 눈물 흘리는
풀 벌레 등을 토닥거린다.

자그마한 행복

오랜 벗
가쁜 숨소리
싱그러운 산들바람
가슴에 보듬어 안고
가을의 늘솔길 걷는다.

어미 품 떠나는
수목(樹木)의 잎새들
긴 시간 고난(苦難)의 사연을
더듬어 보며
만추(晩秋)의 품에 안겨

높은 하늘 뭉게구름
두 손에 부여잡아
들꽃의 향내
흠뻑 들여 마시고

마음 한 귀퉁이 시름을
뒤풀이 한 잔 술에
하늘 높이 띄워 보내니
자그마한 행복이
온몸을 감싸 안는다.

가을 익어간다.

고운 햇살
산들바람
가슴에 보듬어 안고
오름(山)이 익어간다.

덜꿩나무 열매
산딸나무 열매
망개나무 열매
꾸지뽕나무 열매가
앞다투며 붉게 익어간다.

오름 자락
이름 모를 들꽃에
벌 나비
마지막 입맞춤하며
이별을 준비하고

개망초 하늘하늘
이별이 손을 흔들며
가을을 하늘 높이 띄워 보낸다.

아! 가을이 익어간다.

아! 나는 늙어간다.

오래 살았나 보다. (2)

강산(江山)이
일곱 번 변하고
또다시 변하려 한다.

쌈지 속에
꼬깃꼬깃 만 원짜리 지폐 몇 장
주인을 애타게 기다리는데
산(山)이 가로막나?
강(江)이 가로막나?

한가위 둥근 보름달
고운 모습 단장을 준비하고
귀뚤귀뚤 귀뚜라미 애잔한 노랫가락
도심(都心)의 길목을 수 놓으며
가을을 노래하는데

품 안에 안고 싶은
사랑하는 손자 손녀 예쁜 걸음
하늘이 훼방하고
늙음도 서러운데
나들잇길 가로막는다.

아!
참으로 오래 살았나 보다.

숲속의 아침 풍경

초여름 뜨거운 아침 햇살
초록의 숲속을 기웃거려
잎새에 매달린 은구슬
온몸을 파르르 떨게 하며

소복의 산딸나무꽃
하늘 향해 두 팔 벌리고
햇살 두려운 때죽나무꽃
잎새에 몸을 가리고
다소곳이 고개 숙였다.

둥지 속에 몸 감춘
뻐꾸기 애잔한 울음소리는
늘솔길 배회하며

담벼락에 걸터앉은
우아한 자태의 장끼 한 마리
고개를 높이 쳐들고
사랑하는 임을 찾는가 보다.

고향(故鄕) (4)

야트막한 오름 자락에
석양(夕陽)이 걸터앉아
김매는 아낙네의
등을 토닥거리며
탐스러운 젖가슴을 쓰다듬는다.

초여름의 하늬바람
아낙의 땀방울 훔치며
동글동글 초록의 감귤을
기지개 활짝 켜게 하며

어디선가 들려오는
애잔한 뻐꾸기 울음소리
초록의 산하(山河)를 배회하면서
저만치 보이는
여름의 소식을 전해주고

고운 임 찾아
헤매는 벌 나비
매미의 깊은 잠 깨우는
고향(故鄕)의 초여름은
그렇게 무르익는다.

등대

그 누구를
애타게 기다리고 있기에
늘 그 자리에서
하늘과 바다가 만나는 곳을
바라보고 있을까?

가슴에 꼭꼭 숨겨둔
사랑하는 임일까?
하늘나라 올라가신
그리운 어머님일까?

석양(夕陽)이 보금자리 찾아들고
어둠이 스멀스멀 밀려오면
고운 임 오시는 길
행여 잃으실까
온몸을 뒤틀며
바닷길 밝히고

갈매기 둥지 속에 단잠 이루면
바삐 지나는 고기잡이 통통배
불러 모아
기다리는 임의 소식 들어본다.

늘솔길에서

때죽나무 꽃비 내리는
햇살 가득 초록의 숲에서
웃음 짓는 찔레꽃의 향내는
그리움의 조각들을 가슴에 안겨준다.

둥지 속에 몸 감춘
이름 모를 산새의 노랫소리
숲속을 휘저으며
귓가를 간질이고

배시시 미소 짓는 옛 임의 모습
늘솔길 길섶에
보일 듯 말 듯 한다.

길가 산수국
다소곳이 고운 임 기다리며
어디선가 들려오는
뻐꾸기 애잔한 울음소리
휑뎅그렁 마음속을
흔들어 놓는다.

고향(故鄕)의 여름

긴 세월 품에 안은
초가지붕 위에
붉게 타오르는
저녁노을 걸려 있고

참매미 흥겨운 노랫소리
고추잠자리 춤을 추며
담벼락 부여잡은
초록색 호박의 등을 떠민다.

햇살 가린
정자나무 밑에
세월 낚는 노인
고개를 숙였다 세웠다 하며

멀리 떠난 피붙이
그리운 모습
애타게 기다리며
길섶을 하염없이 바라본다.

갯바위 소묘(素描)

끊임없이 밀려오는 파도에
몸뚱어리 깎이는 고통을 참으며
언제나 늘 그 자리에서
부서지는 하얀 거품을 가슴에 품는 갯바위

갈매기 지친 몸
쉬어가게 하며
사나운 바닷바람
온몸 두르고
바닷길 가르는 고기잡이 통통배에
손을 흔든다.

오름 자락
이름 없는 무덤의 주인
질곡(桎梏) 진 삶의 애환을
가슴속에 간직하고
이름 모를 갯가 들꽃
사랑의 고백을 듣는다.

야시장(夜市場)(2)

붉게 타오르는 저녁노을
보금자리 찾아들면
짙게 깔린 어둠 속을
한낮같이 불을 밝힌다.

화려함의 수중(水中) 속을
활개 치던 수많은 생명
좁다란 장판 위에
널브러져 있고
애잔한 눈망울 스르르
눈을 감는다.

동동주 한 주전자
빈대떡 한 접시
젓가락 장단에
옛 노래 들려주던
허름한 주점의 아줌마
어디로 갔는가?

옷깃 사이 파고드는
갈바람
휑뎅그렁 마음을 할퀴고
그리운 추억의 조각들을
가슴에 담는다.

가을이다.

고운 산들바람
한라산 허리 자락
넘나들며
푸른 잎새에
연지 곤지 화장을 시킨다.

시나브로 홍조 띠는 모습
가을의 길목을 밝히고
길섶 산수국
다소곳이 고개 숙여
멀리 떠난 벌 나비
사랑을 기린다.

둥지 찾는 까마귀
애잔한 울음소리
늘솔길 메아리치며
가을임을 일깨워준다.

백군 청군

그루잠 깨니
내 편이다!
네 편이다!
치졸한 싸움이 소리가
귓가를 울립니다.

하늘이 노하여
호된 질책의 꾸짖음에
가을의 고운 걸음
멈칫하게 합니다.

해마다 이맘때면
초등학교 운동장에서
"백군 이겨라!"
"청군 이겨라!"
아름다운 함성이
고운 가을 하늘을 수 놓습니다.

짧은 시간
내편 네편이었지만
승자도 패자도 없으며
얻는 것은 많고 잃은 것이 없는
어울림의 장이었습니다.

이 아름다운 계절
옛 추억을 소환하여 보며
화합과 상생의
아름다운 꽃을
피웠으면 좋겠습니다.

고향(2)

고추잠자리 머리 위 맴돌고
초가삼간 지붕 위 달덩이 호박
누런빛 물들이는
그리운 고향

초가집 뒤뜰 장독대 위에
둥근달 쉬어갈 때
앙상한 어머니 손길
장독 속을 헤집는다.

귀뚜라미 찌르레기
아름다운 하모니는
고즈넉한 시골의 귀퉁이에
메아리치고

마당 복판에 널브러진
참깨 묶음 다발은
영근 알맹이
토해놓길 기다리며

동구 밖 멀구슬나무
잎새를 떨구며
세월의 흐름을 아쉬워한다.

행복한 하루

미탁이 휩쓸고 간 곶자왈 길
아픔의 흔적들을
가슴에 안는다.

정겨운 벗님들의 거친 숨소리
태고의 숲길을 수 놓으며
마주 잡은 손길에 느끼는 정
심장 속에 메아리친다.

한여름
뜨거움의 열기 속에서
노래하던 산새들
둥지 속에
꼭꼭 숨어버리고

"친구야!"
"반갑다!"
술잔을 부딪치며 외치는 소리
가을이 오는 길목을
환하게 밝혀준다.

* 미탁 : 제18호 태풍

둥근 달의 다짐

미리내 등에 업고
귀뚜라미 귀 뜨르르
찌르레기 찌르르 찌르르
울려 퍼지는
도심 속의 공원을 비추어봅니다.

높고 낮음이 없고
많이 가진 자
적게 가진 자 없으며
크고 작음이 없는
아름다움의 공간을
온 힘 다해 비추럽니다.

때로는 이지러지는 아픔
가슴속에 새기며
둥글고 둥근 고운 마음을 비치려
밤하늘 큰 별에
두 손을 모아 봅니다.

링링의 흔적

링링의 다녀간 늘솔길
어린 잎새의 처절한 비명이
들리는 듯하다.

푸른 꿈
키워 보지도 못한 채
사랑하는 가족의 품을 떠나
갈바람에 흩날리는 육신
고즈넉한 숲속을 헤맨다.

찢기는 아픔의 절규
까마귀 울음소리에 묻혀 버리고
영원한 안식의 길을 찾는다.

길섶 짧은 생애 마감한
매미의 사체는
장송곡을 부르는
개미 떼에 의해
어디론가 옮겨지고 있다.

* 링링 : 2019년 제13호 태풍

한가위 명절날

짧은 만남의 희열은
마지막 뜨거움의 열기를 뿜어내는
태양을
하늘과 바다가 만나는 곳으로
데려 가버린다.

어둠의 스멀스멀 밀려오는
산자락 너머로
둥근 달님이 아름다운 모습
얼굴을 내밀고

한 줄기 상쾌한 산들바람은
마음의 빗장을 열게 하며
귀뚜라미 찌르레기 합창 소리는
고운 임 오시는 길
불을 밝힌다.

흘러가는 세월(歲月)이
너무 미워서
가득한 술잔 속에 비친
둥근 달님의 그림자를
마셔버린다.

만추(晚秋)

가을 햇살 쪽빛 하늘
가슴에 품어 안고
구절초 향 가득한
늘솔길 걷습니다.

갈바람에 날리는
낙엽의 하소연과
짝을 찾는 까마귀
애잔한 울음소리
심장 속에 담아놓고

고개 숙인 산수국의
고달픈 삶의 애환
마음속 하얀 백지에
그려놓습니다.

언제나 그 자리에서
변치 않는 낙락장송의
고운 숨결은
바삐 가는
가을을 붙들어 앉히고
사랑을 속삭이나 봅니다.

무엇을 얻고 무엇을 잃었는가?

참매미 울음소리
들려오지 아니하고
뻐꾸기 애잔한 노랫소리
멈춘 지 오래다.

가슴속에 스며드는 갈바람
세월의 흐름을 일깨워주고
높은 하늘 양털 구름
한 해를 손잡아 이끈다.

산자락
푸르름을 자랑하던 잎새
홍조를 띠고
마지막 이별을 준비하며
높은 하늘 향해 손을 흔들고

희망을 품어 안은 을해년(乙亥年)
저만치 달음질치는데

가을을 비치는
둥근 달에 물어본다.
무엇을 얻고
무엇을 잃었는가?

곱지 아니한 검은 버섯
얼굴에 심어놓고
먼 길 떠난
친구의 고운 정을
가슴에 품어 안는다.

고향(3)

붉은빛
저녁노을 산자락에 걸려있고
새털구름 고운 사랑
쏟아붓는다.

밀감나무 우듬지 동그란 열매에
이름 모를 산새들 입맞춤하며
들꽃의 향내가
하늘을 수놓는다.

바다 향기 가득 실은 하늬바람은
촉촉이 땀에 젖은
촌부의 등을 어루만지며
동구 밖 멀구슬나무에
안부를 전한다.

담벼락 부여잡고
근근이 버티고 있는
누런빛 달덩이 호박
높고 높은 하늘에
사랑을 고백한다.

방선문(訪仙門)

신선(神仙)이 머문다고 하는 곳
만추(晚秋)의 하늘을
등에 업고
영주십경(瀛洲十景) 들렁귀
숨결을 더듬어 본다.

봄을 노래하던
진달래 철쭉꽃
신선(神仙) 따라 하늘로 가버리고
계곡 웅덩이에
낙엽만 쌓여 가는구나.

수만 년 흘러간 세월(歲月)에
깎이고 패인 바윗덩이 위에는
옛 시인의 시구(詩句)가
선명하게 남아 있는데

옷깃 여미게 하는
한 줄기 바람에
허공을 헤매는 잎새
겨울을 오라 손짓하며

낙락장송(落落長松)에 걸터앉은
까마귀 애절한 울음소리
한적한 방선문(訪仙門) 계곡을 메운다.

* 들렁귀 : 영주십경 방선문(訪仙門)의 제주 고유어

늦가을 단상(斷想)

산자락 곱게 물들인
갈바람
은빛 물결 억새꽃 품속을 헤집으며
아스라한 추억의 한 조각
가슴에 안긴다.

쉼 없이 흐르는 세월은
푸르름의 청춘을
빼앗아 가버리고
길섶에 나르는 낙엽이어라.

가슴을 열고
고운 추억 그림 펼치니
국화 향기 그윽한 그리운 얼굴
상긋한 미소를 보낸다.

세월 따라 유유히 흐르는
높은 하늘 양털 구름
어느 곳을 향해 가는지
옷깃 여미고
함께 하여 볼까나?

늙은 삶도 아름다운 것이여!

흐르는 세월에
말라비틀어진 고목도
고운 새싹을 피워 낼 수 있습니다.

감성(感性)의 샘은
메마른지, 오래고
눈(眼)은 있으나 멀리 보지 못하며
귀(耳)는 있으나 멋진 말(言)을
듣지 못합니다.

제 몫을 다 하지 못하는
육신(肉身)을 어루더듬으며
다시는 돌아오지 못할 길
걷고 있습니다.

팔다리가 부러져 보아야
팔다리의 고마움을 알 수 있듯이
삶의 아름다움은
생(生)을 떠나보내야
깨우칠 수 있을까?

누구도 피할 수 없는 늙은 삶!

꽃피고 산새들 노래하는 세상
함께 하는 늙은 삶도
아름다운 것입니다.

그림자

비 내리는 날이면
나는 멋들어진 춤을 춘다.

시시때때로 부끄러운 삶의 흔적을
들먹이며
나를 감시하는
추한 몰골의 형상
떨구어버릴 수 있어 좋다.

때로는 크게도 보이며
어렴풋이 작게도 보인다.
말을 하지도 않는다.

홀연히 떠나갔다가
어느새 뒤꽁무니에 바짝
따라붙는다.

비 내리는 날이면
나의 그림자
하늘에 올라가
모든 행동을
고자질하는가 보다.

나를 따라붙는 그림자
하늘로 올라가는 날
시(詩)의 향기에 흠뻑 취한다.

해님의 하루

칠흑의 어둠 속을
힘겹게 밀어 올려
온 누리에
고운 사랑 쏟아붓고

소임 다 한
하루의 마지막 순간을
산자락 붙들고
정염을 불사르며
저만치 보이는
보금자리 찾는데

허공을 나르는
갈매기 울음소리
발걸음 멈추게 한다.

통통배 단잠을 깨워
길잡이 하여
밀려오는 어둠에
자리를 내어주며

수많은 사연을
가슴에 품어 안고
이별의 손을 흔든다.

어느 노인(老人)의 독백(獨白)

덧없이 흐르는 세월 따라
숨 가쁘게 달려오니
감성(感性)의 샘은 메마르고
육신(肉身)의 기능은
제 몫을 다 하지 못한다.

멀리 볼 수 없으며
아름다움을 느끼지 못하고
불타오르던 정열은
싸늘하게 식어만 가는데

꽃이 피고 지고
다시 피듯이
흘러간 세월은
다시 돌아올 수 없는가?

자연의 섭리를 어찌 거스르리!

높은 하늘
유유히 흐르는 구름과
옷깃 여미게 하는
초겨울 북풍에
시(詩) 한 구절 구걸하여

시장 골목 귀퉁이
허름한 주점에서
막걸리 한 사발 들이켜며
흘러가는 세월에
지친 몸 맡기련다.

이상한 여인

여느 화보의 모델처럼
뭇 남정네의
눈가를 간질이는
늘씬한 미모의 여인은 아니다.

옛적 고왔던 얼굴에
세월이 흔적 드리워져 있지만
청순한 삶의 무게를 느낄 수 있으며

허브향이 짙은 향내가 아니라
은은한 들꽃의 향기가
걸음걸음에 피어오른다.

간간이 흘리는 미소는
늘솔길 귀퉁이 산수국처럼
화려함이 아닌 겸손과 배려의
은근한 향내가
하늘나라 어머니의 품속을
떠올리게 하고

세월이 갉아먹다 남겨진
노목(老木)의 가슴에
새싹을 피우려 한다.

참으로 이상한 여인이다.

자그마한 소망

떠나가는 한 해가 아쉬워
하늘이
이별의 슬픈 눈물을
하염없이 쏟아붓고 있습니다.

갈매기 노래하는
바닷가 카페에서
카프치노 찻잔 위에 떠 오른 사랑
한 조각을 떼어내어
바닷길 가르는
통통배 키잡이에 띄워 보냅니다.

눈을 살포시 감아봅니다.

모락모락 피어오르는 커피 향내는
잊혀 가는
그리운 모습들을
가슴에 안겨 줍니다.

경자년(庚子年) 새해가
저만치에서 손짓을 하고 있습니다.
자그마한 소망 한 조각
빗길을 뚫어
하늘로 올려보냅니다.

누군가에게 가끔은
생각나는 사람이었으면 좋겠습니다

언감생심(焉敢生心)

하늘이 얼마나 높은지?
바다가 얼마나 깊은지?
헤아려 보려 하고,

바람이 어드메서 불어오고
아름다운 꽃들이
피어오르는 과정을 살피려 한다.

은하수 별들의 숫자를
하나둘
손가락 짚으며
헤아려 보려 하며

낯선 사람의
웃는 모습에 담긴 깊은 뜻을
가슴에 담으려 한다.

언감생심(焉敢生心)이다!

"오르지 못할 나무 쳐다보지 마라"라는
옛 속담을 되뇌며
분수를 알고 지키며
허황된 생각이 아닌
올바른 생각만을 하련다.

만능(萬能) 재주꾼

생명이 없는 물체(物體)에
새로운 생명을 불어넣으며
아름다운 자연(自然)과도
스스럼없는 대화를 나눈다.

높은 하늘 구름을 벗 삼아
푸른 하늘을 유유히 누비기도 하며
멋진 글의 세계(世界)를 창조하고
날개를 달아주기도 한다.

산하(山河)의 만물(萬物)과
사랑의 밀어(密語)를 나누기도 하고
지저귀는 산새들과
합창을 할 수 있는
만능 재주꾼!

때로는 흘러가는 세월(世月)을
붙들어 안고
시(詩)의 노래를 부르며
봄 여름 가을 겨울을
맨 먼저 맞이하는

그 이름은 시인(詩人)이라 한다

상팔자(上八字) 3

흘러가는 세월(歲月) 속에
몸을 담그고
고희(古稀)의 고개를 넘어섰는데
서너 시간 산길을 누빌 수 있으며

늘솔길 산새들
아름다운 하모니와
꽃 피고 지는 사연들을
가슴에 담을 수 있다.

눈보라 폭풍우 몰아치면
누추한 둥지 속에 찾아들어
보글보글 된장찌개에
막걸리 한 사발 들이키고

하늘과 구름에
동냥한 시어(詩語) 한 구절
흥얼거리는
어쭙잖은 시인(詩人)!

이만하면 상팔자(上八字)인가?

갑장(甲長) 친구

강산(江山)이 일곱 번 변하여
고희(古稀)의 꽃들
옹기종기 모여 앉아
지나온 삶을 되새김 한다.

오르면 다시는 내려오지 못할
인생산(人生山) 칠부 능선에서
저만치 보이는 정상을
더듬어 보며
마주 잡은 손끝에
고운 정 넘쳐흐른다.

"새해 복 많이 받으시게!"
"건강하시게!"

세월(歲月)의 칼바람
할퀴고 지난 흔적
옛적 고왔던 모습에
뚜렷이 그려놓고
서로를 바라보는 눈빛에
사랑을 주고받는다.

각오(覺悟)

동녘 하늘 여명(黎明)에
등산화 끈을 질끈 동여매고
산행(山行)을 나선다.
한여름의 후덥지근한 열기가
벌써 거리를 차지하고 있다.

마음을 가다듬는다.

가슴을 활짝 열고
마음속에 끈끈히 붙어있는
온갖 잡동사니
늘솔길에 남김없이
뿌려놓고 오리라!

평생을 등짝에
짊어지고 있는
무거운 짐을
반드시 내려놓고 오리라!

가벼워진 몸뚱이
말끔히 비워진 가슴에
초록의 숨결과
이름 모를 들꽃의 향기를
가득 채워 오리라!

웬일일까?

웬일일까?
건강에 그토록 해로운
술과 담배를
항상 붙들어 매고 살아가는데
서너 시간
산길을 걸음 할 수 있고
가고 싶은 곳
내 뜻대로 갈 수 있는데..........!

술과 담배를
가까이한 적도 없고
눈 뜨면
건강을 위해
아등바등하는 안사람은
병상에서 고통을 호소하고 있다.

참으로 이상한 일이다.

그냥저냥 하루

온 세상을
불태워 버릴 듯
뜨거움의 열기가
도심(都心)을 감싸고 있다.

그리운 임 찾는
참매미의 애절한 울음소리
가로수(街路樹) 잎새의
단잠을 깨우며

굶주린 벌 나비
두 팔 벌린
배롱나무꽃에 매달려
달콤한 사랑을 속삭인다.

화염(火焰)을 뿜어내던
해님이
보금자리 찾아들어
그냥저냥 하루가 저물어 간다.

늦더위

그토록
뜨거움의 열기를
뿜어내던 여름이
꼬리의 끄트머리를
남겨 두었나 보다.

참매미
파르르 몸을 떨며
삶의 마지막 절규를 토하고
오랜 시간 푸르름을 자랑하던
고목(古木)의 우듬지 잎새
이별을 준비하는데

철모른
아기 장미 재롱에
미련을 버리지 못하고
온 힘 다해
사랑을 쏟아붓는다.

귀뚤귀뚤 귀뚜라미
구슬픈 노랫가락에
발걸음 가벼이
서산을 넘는다.

가을이여!

아!
가을이여!

멈칫거리지 마시고
어서 달려오십시오!
우라질 한여름의 잡동사니
태풍 바비가
말끔히 치워 놓았습니다.

오랜 시간 잠자던
긴 소매 셔츠 갈아입고
그대 오는 길목에서
두 팔 활짝 벌려
마중하려 합니다.

악귀(惡鬼)가 출몰하여
기승을 부리고
하늘의 하염없는 눈물에
가슴은 붉은 피멍이 물들었습니다.

참매미
마지막 생(生)의 절규가
들리지 않으십니까?

폭염(暴炎)과 재해(災害) 속에 신음하는
고통의 소리를 잠재우고
달보드레한 희망의 선물
잔뜩 짊어지고 오셔서
방방곡곡 뿌려 주십시오.

산당화(山棠花)

겨우내 기다림에 지친 산당화(山棠花)
살랑대는 철 이른 봄바람의
유혹(誘惑)을 뿌리치지 못하고
봉긋한 젖가슴 가리개
풀어 헤친다.

벌 나비 고운 임
오시는 줄 알았는데
둥지 속에 단꿈을 꾸고 있는지?

간간이 불어오는 소소리바람에
옷깃을 여미며

이제나저제나
임 오시는 길 바라보며
꼭꼭 숨겨놓은 애틋한 사랑
하늘 향해 띄워 보낸다.

임이 오시나 봅니다.

달보드레한 빗방울
대지를 촉촉이 적시며
산모퉁이 돌고 돌아
고운 임
늘솔길 걸음 하시나 봅니다.

복수초 고운 얼굴 쓰다듬으며
단잠 깨어 눈 비비는
이름 모를 들꽃의 가슴에
환한 미소 안겨줍니다.

부지런한 박새 꽃잎
연둣빛 치장하여
길섶 밝히고

낙락장송 우듬지 까마귀 한 쌍
목청 높여 노래 부르며
살가운 햇살
숲속을 기웃거리니

아! 임이 오시나 봅니다.

세대 차이(世代差異)

중학교 일 학년 외손녀
초등학교 일 학년 외손자,
고사리손에 이끌려
노래방에 갔다,

할아버지 노래 한 곡 신청에
옛 추억 떠올려
목청 가다듬고
서유석의 "가는 세월"을
안간힘 다해 불렀는데
손자 녀석들 박수가 시원찮다.

"할아버지? 그게 노래예요?"
잘 불렀다는 건지?
못 불렀다는 건지?

방탄소년단의 노래를
자그마한 엉덩이 흔들거리며
신나게 노래를 부르는데
노래인지?
흥얼거림인지?
책을 읽는 건지?

한 세기도 안 되는 세월
세대 차이를
실감 나게 하는구나.

홍매화의 넋두리

아직은 때(時)가 아닌 줄 알면서도
살가운 햇살과
따스한 남녘 바람의 유혹(誘惑)을
뿌리치지 못하고
옷고름을 풀어 헤쳤다.

벌 나비 고운 임 소식이 없고
매서운 칼바람
온몸을 때려 갈긴다.

매년(每年) 속아 오면서
어찌하여
진정한 봄을 기다리지 못하고
성급히 꽃망울을 터트렸는지
후회막급(後悔莫及)이다.

아직은 때(時)가 아님을 자각(自覺)하며
옷깃을 여미고
그날이 오기를 기다리련다.

춘래불사춘(春來不似春)

살가운 봄 햇살
창가에 내려앉아
심장 속의 뜨거운 피
일으켜 세우며

겨우내 움츠렸던
매화는
꽃망울 터트리며
벌 나비 어서 오라 손짓하는데

천만리 바다 건너 찾아온
형체(形體) 없는 악귀의 혼령(魂靈)
발길을 묶어놓고
마음의 빗장을 걸어 잠그게 한다.

이름 모를 산새들
합창 소리는
귓가를 간질이는데
애타게 그리는 진정한 봄은
언제나 오려나!

춘래불사춘(春來不似春)이로다.

우울한 날의 소고(小考)

추적추적 내리는 봄비가
온종일 창가를 두드리며
산과 들에 새 생명을 잉태하는
아우성을 들려준다.

살가운 해님은
매지구름 속에 꼭꼭 몸을 감추고
세간(世間)에는
알지 못할 병마에 시달리는
인간의 고통의 앓는 소리가
귓가를 울리며

적막함이 흐르는 거실의 귀퉁이에
비워진 소주병이
나약한 존재의 영혼을
암울한 구렁텅이로 몰아넣는다.

길고 긴 여정의
마라톤 결승점이 저만치 보인다.
몇 등을 했는지도 모른다.
그저 달려왔을 뿐이다.
우울한 날 자신을 뒤돌아본다.

새벽은 올 것이다.

칼바람 대동한
기세등등 동장군도
흐르는 세월(歲月) 앞에 무릎을 꿇고
꽃피고 산새들 지저귀는
봄이 계절에 자리를 비켜주는 것은
만고불변(萬古不變) 자연의 섭리(攝理)이며

동녘의 여명(黎明)을 알리는
수탉의 울음소리가 멈추더라도
찬란한 태양은
내일도 모레도
온누리를 비추며
만물(萬物)에 새 희망을 안겨줄 것이다.

형체(形體) 없는 악귀(惡鬼)가
최후의 발악을 하며
세상을 어지럽혀도
이 또한 제 갈 길을 찾아갈 것이다.

우리 손에 손잡고
저만치에서 달려오는
희망의 새벽을 향하여
두 팔을 활짝 벌리자!

백목련(白木蓮)

하얀 저고리 옷고름
부끄러이 풀어헤치고
살가운 봄 햇살
가슴에 끌어안는다.

남녘의 봄바람에
애교를 부리며
배시시 웃는 모습
하늘나라 천사가 손을 내밀고

그린나래 펼치며
고운 임
오시는 길
불을 밝힌다.

얼빠진 여인(女人)아!

코로나19 사태로 온 국민의
고통의 신음이 안 들리느냐?
가고 싶은 곳 가지 아니하고
만나고 싶은 사람 만나지 아니하며
모두가 인내(忍耐)하는데

얼빠진 여인(女人)아!
순간의 괴로움과 욕정(欲情)을 참지 못하여
수많은 사람에게 고통을 안겨 주는
당신의 못된 행동은 천벌(天罰)을 면치 못하리라!

거리를 배회하는 노숙인과
서민과 운전기사들의
단돈 육천 원이면 배불리 먹을 수 있는
착한 가게는 문을 닫았고
당신의 걸음 흔적마다
피눈물이 흐르고 있다.

얼빠진 여인(女人)아!
지금쯤 음압병실에서
생존(生存)의 기로(岐路)를 헤매고 있으리라!
마지막 참회의 기회이니
진실을 말하거라!

펜션에서 짧은 시간
함께 뒹군 사람의 실체를 밝혀
다른 사람에게 감염을 막을 수 있게 말이다.

얼빠진 여인(女人)아!

운수 좋은 날

동녘 하늘의 여명(黎明)은
단잠을 이루고 있고
꿈속에서 헤매는 늙은 오랜 친구
나의 애마를 흔들어 깨워
칠흑의 어둠 속을 헤쳐나갑니다.

내뿜는 자동차의 밝은 빛에
길가 가로등이
곱지 아니한 눈길을 보내고 있으나
치열한 마스크 전쟁
승전의 꿈을 머릿속에 그려봅니다.

길게 늘어서 있는 희미한
사람들의 형체가 시야(視野)에 들어와
서둘러 꽁무니에 몸을 맡기고
이른 봄 소소리바람에 옷깃을 여밉니다.

오랜 기다림의 시간
게슴츠레 눈을 뜬 여명(黎明)이
벽에 붙어있는 안내판을
선명하게 비추어줍니다.
"85명 선착순 판매"

서너 시간 기다림 끝에
작은 쪽지 85번 손에 넣었습니다.
참으로 운수 좋은 날입니다.

예전엔....!

가고 싶은 곳을 향하여
달음질치고
사랑하는 손자 손녀를
부둥켜안을 수 있음이
얼마나 큰 행복임을
예전엔 미처 몰랐습니다.

코흘리개 친구들과 손을 맞잡고
옛 추억을 소환하며
막걸리 한 잔 들이켜고
시시덕거림이
얼마나 큰 행복임을
예전엔 미처 몰랐습니다.

거리를 활보하는
봄 내음 풍기는 처자의 치맛자락을
머릿속에서 들추어내고
향긋한 들꽃의 향내를 맡을 수 있음이
얼마나 큰 행복임을
예전엔 미처 몰랐습니다.

홀로 살아가라는
사회적 요구에
오늘도 쓸쓸히 늘솔길 걸으며
변함없는 사랑 베풀어 주는
자연의 품에 안겨 봅니다.

황당(荒唐)한 사람들

곱지 아니한 얼굴에
두꺼운 철판(鐵板)을 두르고
청정(淸淨) 제주를 오염(汚染)시키는 사람들!
아마도 철(鐵)의 심장을 가졌나 봅니다.

좀처럼 정체를 보이지 않는
악귀(惡鬼)가 금수강산을
공포의 도가니로 몰아넣어
숨을 죽이며 살아가고 있는데

혼자만의 쾌락(快樂)을 위하여
이웃의 고통은 아랑곳하지 않고
걸음걸음마다 피눈물을 안겨주며
제주(濟州)의 곳곳을 활보하는 황당(荒唐)한 사람들!

한 조각의 배려심도
하늘에 날려버리고
선량한 사람들의 가슴에 비수를 들이대는
철면피 같은 사람들!
악귀(惡鬼)와 무엇이 다르랴!

다시는 돌아올 수 없는
우주공간에
이 황당(荒唐)한 사람들을
영원히 격리(隔離)시켜 버렸으면 좋겠습니다.

오래 살았나 보다.

어느 날
거울 속의 나의 모습 들여다본다.
삶의 나이테 심어 놓은
쪼그라진 곱지 아니한 모습
가슴이 아려온다.

아스라이 보이는 한라산(漢拏山)
언제나 변함이 없고
척박한 길가에 둥지를 튼
벚꽃의 고목(古木)에는
새 생명을 잉태하는
아우성이 들려오는데

형체 없는 악귀(惡鬼)가
세상을 활개를 치며
아름다운 인연을 끊으려 하고
사랑하는 사람과 만남을
가로막는다.

무심히 흘러가는 세월은
생애(生涯) 처음 보는
투표용지를 안기려 하니

참으로 오래 살았나 보다.

만춘(晩 春)

벚꽃 꽃가루 날리는
늘솔길 따라
겨우내 움츠렸던 새봄이
연분홍 진달래 손을 잡고서
덩실덩실 춤을 추며 달려온다.

둥지 속에 단잠 깬 산새들
새 희망의 찬가를 부르고
하얀 백목련
면사포 훌훌 벗어 던지며
두 팔 벌려 새봄을
가슴에 안으려 하며

들녘에 고운 모습 치장한 유채꽃
벌 나비 불러 모아
새봄 오는 길
불을 밝히고
이름 모를 들꽃들은
기지개 켠다.

아! 새봄이 내 곁에 왔다.

인생(人生)

핏덩이
벌거벗은 몸으로 태어나서
그 무엇을 찾으려 하고
얻으려 하며
아등바등 몸부림쳤는가?

꽃이 피면 지고
새날이 밝으면
어둠이 찾아오듯

언젠가는 모든 것을 버리고
한 줌 흙으로 돌아가야 할 것을!

늘어난 살덩이 걸머지고
잠시 머물던 세상
이별이 시점이 저만치 보인다.

늘솔길
불어오는 바람에
벚꽃이 날린다.

고사리

봄날
아침 햇살 재촉에
단잠 깬 한라산 고사리
눈을 비비며
꼼짝꼼짝

양지바른 들녘의 틈새에서
겨우내 모진 광풍
다 지나간 뒤
살포시 고개 들었다.

다소곳이 두 손 모으고
부끄러이 가녀린 자태
따스한 해님 향해 미소 짓는다.

말라비틀어진
억새 사이에서
생동의 계절 함께 하려
힘찬 기지개 켠다.

그리움(1)

봄비를 뚫고
그리움 한 조각
가슴을 파고듭니다.

화사한 모습
하얀 국화꽃 송이 송이에 묻혀
백목련 꽃잎 따라
이승을 떠나가 버린 임이여!

연둣빛 들녘엔
단잠 깬 산새들 노래 부르며
들녘엔 이름 모를 들꽃과
연분홍 진달래, 철쭉이
새봄을 찬미하고 있습니다.

임이여!
봄비가 하염없이 내리고 있습니다.
스멀스멀 온몸을 감싸 안는
임의 숨결을
심장 속에 고이 담아 놓습니다.

우리 어멍

어쩌면
청명한 하늘을 바라다보신 시간보다
땅을 바라보신 시간이
더 많은 우리 어멍……

한평생 동녘의 여명을
앙상한 등짝에 걸머메시고
화산섬의 자갈밭
척박한 땅과 힘겨운 사투를 벌이신
우리 어멍……

해님의 서산마루 걸터앉아
굽은 등 토닥거려도
오로지 땅과의
씨름을 멈추지 아니합니다.

기다림에 지친 해님이
둥지 속에 찾아들고
어둠이 스멀스멀 가슴에 안기면
굳어버린 허리를 펴려
안간힘을 다합니다.

하늘에 작은 별
따스한 미소를 보내며
등 굽은 우리 어멍의 걸음 길
불을 밝혀 줍니다.

한 세월 그렇게 사시다 보니
굽혀진 허리는
펴질 줄 모릅니다.

아! 우리 어멍!

＊ 어멍 : 어머니의 제주 방언

인생(人生)(2)

내 것도 아니고 네 것도 아닌
잠시 머물다 가는 세상(世上)
비가 오면 어떠하고
눈이 오면 어떠하며
폭풍우 몰아친들 어떠하리!

세월(歲月)이 바짓가랑이 붙들고
속절없이 어디론가 흘러가는데
아등바등 그 무엇을
움켜쥐려 하는가?

하늘에 구름 한 조각 베어 물고
꽃피면 꽃과 함께
벌 나비 불러 모아
어화둥둥 노래 부르며

희로애락(喜怒哀樂) 훌훌 털어버리고
텅 빈 마음속에
오뉴월 싱그러운 바람 가득 채워

하늘이 손짓하는 그곳을 향하여
하얀 국화꽃 송이송이 가슴에 안고
너털웃음 터트리며
걸음 하면 될 것을!

산행(山行)

동녘의 여명(黎明)을
등허리에 걸머메고
이름 모를 산새들 노래하는
산(山)을 오른다.

가슴속을 파고드는
찔레꽃의 향내는
하늘나라 어머님이 젖 내음 같아
먼 옛날
그리움의 조각들을
늘솔길 길섶에 뿌려놓는다.

임 찾는 장끼의 애절한 울음소리
숲속에 메아리치며
초목(草木)을 쓰다듬는 봄 햇살은
발걸음을 잠시 멈추게 한다.

어디선가 불어오는 실바람
내뿜는 거친 숨소리 잠재우며
등을 떠밀어
산길을 재촉한다.

석양(夕陽)

길고 긴 여정(旅程)을 끝내며
해변의 오름 자락에 걸터앉아
가쁜 숨을 고른다.

파도 꽃 춤추는 길을 가르며
거친 숨 몰아쉬는
고기잡이 통통배
살며시 쓰다듬고

푸른 하늘을
유유자적(悠悠自適) 유영(遊泳)하는
갈매기 날개에 윤슬을 뿌려주며
고운 임 기다리는
등대의 단잠을 깨운다.

저만치 보이는 보금자리에서
오라 하는 손짓에
엉덩이 툭툭 털며
발걸음 재촉한다.

장봉도(長峯島)

늦은 봄 고운 햇살
국사봉(國思峰)에 쉬어가고
굉음을 울리는 커다란 잠자리
이별의 사연을
모래사장에 뿌려놓는다.

곱게 핀 해당화
고운 임 기다리며
거친 숨 몰아쉬는 고기잡이 통통배
하늘과 바다가 만나는 곳으로
걸음을 재촉하고

손잡아 이끌며
등 떠밀어 주는
정겨운 옛 동료의 따스한 숨결에
사랑의 미소를 보낸다.

허공(虛空)을 유영(游泳)하는 갈매기
하나둘 보금자리 찾아들고
애잔한 뱃고동 소리 울려 퍼지면
또다시 멋진 만남을 기약하며
이별의 손을 흔든다.

* 장봉도(長峯島) : 인천광역시 옹진군 소재 섬
* 국사봉(國思峰) : 장봉도(長峯島) 최고봉

삼재(三災)

연초 구순(九旬)의 장모님께
세배 올렸는데
덕담으로 하시는 말씀
예순아홉 살 삼재(三災)가 끼였으니
매사 조심 또 조심하라 하셨다.

귓등으로 흘렸는데
정월 초사흘
멀쩡한 현관 유리에 눈두덩이 부딪혀
일곱 바늘 꿰매고
엊그제 취한 몸 비틀거려
화단으로 곤두박질
왼쪽 귀 나뭇가지에 찔려
피투성이 되었었네.

이쯤이면 하늘의 계시를
깨달아야 할 터인데
제 분수 모르고
지방선거에 발을 담가
비지땀 흘려가며
최선을 다했건만
욕 덩어리 덩굴째 굴러온다.

삼재(三災)
다 지나갔나 보다.

산행(山行) 2

가쁜 숨을 토해 놓으며
천근만근 발걸음을 옮긴다.

소복의 불두화(佛頭花)
손을 잡아 끌어당기며
늦은 봄 실바람 등을 떠밀고
거친 숨 잠재운다.

주름진 이마에
땀방울 송골송골 맺히고
산자락 찔레꽃
응원의 미소를 보낸다.

오르면 내려와야 하는
저만치 보이는 정상
어찌하여 올라야 하는가?

상팔자(上八字) (3)

바닷길 가르고
거친 숨 몰아쉬며
어디론가 바삐 가는 통통배에
"안녕"하고 손을 흔든다.

스멀스멀 가슴에 안기는
비릿한 바다 향기가
심장(心臟) 속을 파고들며
세월을 낚는
강태공의 평온한 모습
한 폭의 멋진 그림을 연출한다.

허공을 유영하는 갈매기
권주가 불러주고
정겨운 이웃이 건져 올린 자리돔
한 잔 술을 권하니
어찌 사양(辭讓) 하리오!

높은 하늘 양털 구름 벗으로 삼고
파도 꽃향기에 취해
세상사 흥얼거리는
초라한 시인(詩人)
이만하면 상팔자(上八字) 아니겠는가?

취생몽사(醉生夢死)

동녘 하늘에 여명(黎明)이 비치면
잠에서 깨어나
먹이 찾아 들판을 헤매고
서산마루에 석양이 걸리면
둥지 속을 찾아든다.

오라 하는 곳도
가야 할 곳도 없는 초라한 노인
살아 온 날보다
살아야 할 날이 많지 않음을
하늘과 땅이 일깨워준다.

오르면 다시는 내려오지 못할
인생산(人生山) 칠부 능선에서
지나온 삶을 뒤돌아보니
허허로움만 가슴에 안기고
취생몽사(醉生夢死) 하려나?

아름다운 세상
걸음 하였으니
부끄러운 발자국이나마
남기고 싶은데...........!

둘레길 소묘(素描)

관악산 허리춤 부여잡으며
신선들이 걸음 하던 길
발걸음 내디딘다.

한여름 길가를 밝혔던
비비추 보라색 꽃 송이송이
하늘에 날려 보내고
백옥의 옥잠화 가을을 맞이한다.

이별을 준비하는 벌 나비
길섶 맥문동꽃에 날개를 접고
사랑의 밀어 속삭이며

짧은 생애 한탄하는
매미의 처절한 울부짖음은
가을이 오는 길을 가로막는다.

고개 치켜든 긴 꼬리 청설모 한 마리
애잔한 눈망울 굴리며
아픈 사연 하소연하는 듯……

가을의 전령

길고 긴 여정의
싱그러운 산들바람
한라산을 돌고 돌아
가을의 소식을 전하려
내 마음의 문을 두드리고 있습니다.

꽁꽁 잠기었던
마음의 빗장을 열고
반가운 임을 맞이합니다.

애잔하게 들려오던
뻐꾸기 울음소리
들려오지 아니하고
짧은 생을 마감하는
매미의 처절한 울부짖음은
흐르는 세월을 원망하나 봅니다.

한여름에 찌든
마음속의 찌꺼기들을
미련 없이 쏟아 내 버리고
높고 푸른 하늘과
뭉게구름을
마음속에 담아 보렵니다.

만당홍(滿堂紅)

발가벗겨지고
뒤틀린 몸뚱이 비웃지 마세요!

동지섣달 길고 긴 밤
그리움에 젖어
며칠 밤을 지새 울었습니다.

참을 수 없던 아픔의 시간
가슴속에 묻어놓고
오뉴월 화려함의 꽃들에
부러움의 눈길을 보냈습니다.

삼복의 내리쬐는 태양이
가슴을 풀어 헤치니
참았던 설움이 복받쳐
가지가지에
붉은 선혈을 토해 놓았습니다.

찾아주는 벌 나비
반가이 맞아
노래하고 춤추며
정성 어린 꽃 송이송이
백날만을
피어 있겠습니다.

* 만당홍(滿堂紅) : 배롱나무·백일홍

낙락장송(落落長松)

여느 나무처럼
화려함의 꽃을 피우지 못하고
허브향과 같은
짙은 향내도 풍기지 못합니다.

인간의 입맛을 다시는
탐스러운 열매도 달리지 못하고
춘삼월 벌 나비
사랑도 받지 못합니다.

삼복의 무더위 굴하지 않고
동지섣달 동장군
두렵지 않습니다.

귓가를 간질이는 세상사에
일희일비(一喜一悲)하지 않습니다.

늘 푸르른 마음
사계절 변치 않고
은은한 솔향 풍기는
과묵하고 우직스러운
산사(山寺)의 낙락장송(落落長松)입니다.

그리움

빗방울이 창가를 두드립니다.
알지 못할 그리움이
심장 속을 파고들어
휘젓고 있습니다.

철철 넘치는 술잔 속에
가슴 시린 추억의 조각을
집어넣어
한 모금 가슴에 담습니다.

반쯤 남은 술잔에
미소 짓는 그녀
초라한 노인의 가슴에
생기를 불어넣어 줍니다.

맑은술 위에
비치는 그녀의 모습
어느 틈엔가
내 가슴에 들어 있습니다.

석굴암이 아침

눈 비비고 일어난 아침 햇살이
기지개 활짝 켜고
산골짜기
고즈넉한 암자에
달콤한 사랑을 쏟아붓는다.

엊저녁
사랑놀이에 지친 산새들
부스스 잠을 깨어
먹이 찾아 숲속을 헤집는데
늘 반기던 까마귀들
어디로 마실 갔는지?

열반 입적하셨는지
귀에 익은 노스님 낭랑한 불경 소리
들리지 아니하고
낯선 스님의 목탁 소리
귓가에 맴돌며

산수국 잎새에 은구슬
파르르 몸을 떨며
비명을 질러대는
석굴암의 아침은
흘러가는 세월에
고운 미소 흘려보낸다.

* 석굴암 : 제주시 99곡 소재 암자

비 내리는 날의 소고(小考)

하늘의 길을 열어 주셨는지
빗방울이
쉴 새 없이 창가를 두드립니다.

빗줄기 틈새 사이로
어렴풋이 그리운 모습들
고운 추억의 조각들을
가슴에 안겨 줍니다.

한여름 뜨거운 태양은
산 너머에 잠시 숨을 고르고
간간이 불어오는 바람도
어디론가 숨어 버렸습니다.

부끄러움을 몰랐던 어린 시절
홀라당 알몸으로
두 팔을 뻗어 올리고
입을 크게 벌려
쏟아지는 빗줄기를 입속에 담으려
동동거리는 그 모습
창가에 어른거립니다.

다시는 돌아갈 수 없는
아름다운 추억의 길을
잠시 거닐어 봅니다.

오직 그대만을

복사꽃 곱게 치장하여
깔깔대는 웃음소리에
산당화 잠을 깨어
눈을 비빈다.

봄 햇살 따사로운 애무에
터질 듯 봉긋한 젖가슴
두 손으로 감싸 안아

겨우내 시린 세월
더듬어 보며
기다란 가시 몸뚱이
헤픈 사랑의 구애를 뿌리치고

오랫동안
가슴속에 그리던
사랑하는 고운 임에게
부끄러이
색동저고리 옷고름 풀어헤친다.

오로지 그대만을 위하여!

* 시제 : 명자꽃

명령휴가

나에게는
믿음직스럽고
충직한 부하이자 수행 비서가 있다.

잠자는 시간이 아니면
나의 손이나 주머니 속에서
답답한 고통을 참으며
맡은 바 책임과 의무를
성실히 수행한다.

세계 각국의 소식을
실시간 알려주며
전국 방방곡곡 아름다운 풍광
가감 없이 보여준다.

그리운 친구의 부름을
알려주고
불러 주기도 한다.

독수리 타법으로 몸통을 두들겨
가끔은 짜증도 나겠지만
한마디 불평불만을 토로하지 않는다.

이삼일에 한번
시급을 주면 감사히 받아
다음 명령을 다소곳이 기다린다.

받으면 받은 대로 주어야 하듯이
충직한 수행 비서에게
아래와 같이 명령한다.

성명: 손전화기
명령 사항: 48시간 휴가를 명함 끝

삶의 흔적(2)

내세울 것 하나 없고
곱지도 아니한
부끄러운 삶의 흔적들
백지에 그려 놓았으면
뭉뚱그려 휴지통에
처박았을 것을

넓지 아니한 얼굴에
그려진 지난날 살아온 모습
하루에 두어 번씩
밀고 밀어 보지만
지워지지 않는다.

가슴에 불타오르던
청춘의 꿈
사그라든 지 오래고
살을 에는 매서운 칼바람
화필을 들고
또다시
검은 버섯 그려 놓는다.

매지구름 틈새로
고개 내민 초겨울 햇살
위로의 마음을 전해온다.

어우렁더우렁

척박한 산기슭 모퉁이
구절초 어우렁더우렁
모여 앉아
가을을 노래한다.

만산홍엽(滿山紅葉)의 풍광(風光)에
손뼉을 마주치며
찬사를 보내고

서로서로 손잡아
볼을 비벼대며
끈끈한 동족(同族)의 애(愛)를 자랑한다.

모두가
내 가족 내 형제
내 편 네 편이 어디 있고
서로 미워할 이유가 무엇인지?

살아봐야 기껏 한 세기(世紀)
짧은 삶인걸
나는 네가 되고 너는 내가 되어
갈라진 마음을 한데 모아
어우렁더우렁
아름다운 세상 노래 부르자.

사라봉

뱃고동 소리
울려 퍼지어
만남과 이별을
노래하는 제주항 머리에

한라산 줄기 뻗어
봉곳이 솟아오른
사라봉(沙羅峰) 허리 자락
저녁노을 걸리어 있다.

두 팔 뻗어 올려
하늘 잡으려 발돋움하며
고개 높이 들어
짙푸른 바다를
굽어보는구나.

사랑 잃어
목숨 버린 자살바위
헤매 도는 원혼들
토닥거리며

품에 안은 하얀 등대
마음 열고
북녘 하늘
밝게 비추려 하니

심장을 불사르던
석양(夕陽)
서녘 하늘 물비늘에
고운 자태 숨긴다.

다나스 다녀간 길

큰바람을 둘러업고
한없는 눈물을 쏟아부었던
다나스 다녀간
늘솔길을 걷습니다.

여린 초록의 새싹을
어미 품에서 무참히 떼어놓고
어깻죽지를 찢겨놓은
쓰라린 아픔의 조각들을
길섶에 뿌려 놓으셨습니다.

둥지 속에 웅크렸던 까마귀
괴로움의 긴 시간을 보내고
내리쬐는 한여름의
뜨거운 햇살을
반가이 맞이합니다.

행여 다음에 걸음 하실 땐
초록의 숲에 아픔의 상처를
안기지 말고
살짝 다녀가시길
두 손을 모으고 애원합니다.

* 다나스 : 2019 제5호 태풍
* 길섶 : 길의 가장자리

126

살다 보면

살다 보면
때로는
하늘이 무너지고
땅이 꺼지는 듯한
슬픔이 육신(肉身)을 감싸 안고

살다 보면
때로는
온 세상을 움켜쥔 듯한
기쁨의 희열(喜悅)도
느낄 때가 있습니다.

크고 작은
기쁨과 슬픔
그리고 괴로움
이 또한
세월이 데려가 버립니다.

사시사철 늘 푸른
낙락장송(落落長松)처럼
일희일비(一喜一悲)하지 않고

하늘이 내려준
운명(運命)의 길
거스르지 않고
조심스럽게
걸어가렵니다.

경자년(庚子年)의 봄

수많은 사연과 아픔을
가슴속에 간직하고
살짝이 가시나 봅니다.

겨우내 잠든 초목 흔들어 깨워
푸르름의 고운 옷 갈아입히고
연분홍 진달래, 철쭉꽃
곱게 피워내셨습니다.

악귀의 장난으로 함께하지 못한
아름다운 만남의 시간
훗날을 기약하며
지친 몸 쉬시려
이별의 손을 흔들고 있나 봅니다.

뜨거운 햇살 피해
안식 취하시고
눈보라 몰아치는
동장군이 지나가면
임 오시는 길
말끔히 치워 놓고
두 팔 벌려 마중하려 합니다.

태양

임이시여!
화가 많이 나셨나 봅니다.
땅덩어리
불태우려고
이리도 뜨거운 입김 뿜어내십니까?

거느린 식구 많다 보면
미운 놈 고운 놈도 있고
회초리 내리치어
다리뼈 부러트리고 싶은 놈
어디 한둘이겠습니까?

임이시여!
다소곳이 임의 뜻에 따라
순리에 따르고
주어진 운명에 순종하는
착하고 가여운 생명을
생각하시옵소서.

이제 어느 다른 곳
둘러보러 가시려나 봅니다.
저지른 잘못
무릎 꿇고 반성하오니
내일 오실 때에는
부디 살가운 손길로
어루만져 주시옵소서.

구름이 되어서

하늘 잡으려
우뚝 솟아오른
한라산 허리 자락을
맴도는 뭉게구름에
삿대를 걸어 놓고

푸른 하늘
정처 없이 노를 저어서
지리산 천왕봉 가슴에도
안겨보고
백두대간 골짜기
구석구석 누비고 다니다가

양떼구름 비늘구름 면사포 구름
불러 모아서
한잔 술 주거니 받거니
웃음꽃 터트리며

목마른 대지 위에
단비 달라 소원 비는
농부의 가슴에
장대비 뿌려 촉촉이 적셔주고

곱게 핀
백두산 야생화
한아름 쓸어안고
짙푸른 천지에
이 한 몸 담그고 싶어라.

시계

새우잠 깨어
너의 규칙적인 심장의 박동 소리
변함없는 음률과 리듬
또렷한 소리를 듣는다.

흐르는 세월을 동무하고서
밤낮 쉼 없이
큰 침은 빠르게
작은 침은 느리게
한 치의 오차도 없이
동그란 원을 돌고 도는구나,

너의 숨결 속에
칠순 노인 얼굴
주름살 그리기 바쁘고
비틀거리는 육신
퇴화하여 간다.

큰 침 작은 침

한 바퀴 돌면

도루 제자리에서

다시 시작하는데

쭈글탱이 노인의 삶은

어찌하여 앞으로만 달려가는지?

아서라

가는 길 외로워도

늙어 가는 노인 떨구어 버리고

천천히 쉬면서

놀면서 가거라.

억새꽃

황량한 들판에
끈질긴 생명력의 표상
억새꽃 흐드러지게 피어
너울너울 춤추니
정녕 가을이 깊어감을
일깨워 준다.

동토의 차가움과
대지를 불태울 듯
뜨거운 태양의 열기 속에
꼿꼿이
짙 푸르름을 자랑하다가

가을 소식 전해오는 하늬바람에
화려하지 않고
소박함이 묻어나는 꽃을 피워
잎새 손뼉 치며
홀씨를 허공에 날려 보낸다.

기나긴 아픔의 세월
가슴에 고이 간직하고
서쪽 하늘 붉은 노을에
한 서린 울분을 토해내며

갈 곳 잃은 나그네
발걸음 멈추게 하고
가을 하늘 두둥실 뭉게구름
품에 안으려
서글픔이 깃든 노래
목메게 부른다.

아! 정녕 가을이 깊어가나 봅니다.

떠나가는 잎새

벌거숭이 나무 우듬지에
간간이 매달려
떠남을 준비하는 잎새

늦가을 고운 햇살
살포시 내려앉아
헤어짐의 뜨거운 입맞춤 하려는데
한 줄기 북풍이
훼방을 놓는구나

청아한 목소리
재잘거리던 산새들
둥지 속에 숨어들어
고운 꿈 꾸며

짝 잃은 까마귀
임을 찾아 슬피 울어
떠나야 할 시간임을
깨우침 한다.

짧은 황홀함의 시간
가슴에 묻고
심산유곡 흐르는 물에
몸을 맡긴다.

마음의 정화(淨化)

짙푸른 가을 하늘에
두 손을 모으고
내 마음 비워 달라
간절히 빌어 봅니다.

남을 미워하고
남을 원망하며
사랑을 잃어버린
삶의 부끄러운 흔적들

흩날리는 낙엽에 묻히어
다시 돌아올 수 없는
미지의 세계로
보내 버리고 싶습니다.

텅 빈 마음속 도화지에
맑은 하늘 두둥실 뭉게구름
울긋불긋 고운 단풍
지저귀는 산새 소리
그윽한 국화 향기
그려 놓고 싶습니다.

고운 늙음

짙 푸르름을 자랑하던 잎새
세월의 흐름에 곱게 물들여
찬란함이 생애를
마감하려 한다.

살아온 날보다
살아야 할 날들이 적음을
가을바람 일깨워 주니
주름살 깊게 파인
늙음을 깨우치는구나.

지나온 삶의 흔적들 더듬어 보니
부끄러움 가득하고
되돌릴 수 없는 세월
심장을 파고들어
한숨을 토해낸다.

살아가야 할 남은 날들
얼마 없음에
매사 감사하는 마음
배려하는 마음
용서하는 마음을 키워
곱게
늙음을 맞이하리라.

반가운 모습

산수유 꽃망울 터트리고
매화 향기 은은한
봄이 오는 길목에

반가운 모습들
옹기종기 모여 앉아
추억의 조각들 풀어놓는다.

얼굴에 그려진
삶의 흔적을 더듬어 보며
청춘을 불살랐던
지난날의 사연들
한 폭의 풍경화 되어
술잔 속에 비치고

머리 위에 하얀 눈 덮여
마주 잡은 손마디에
뜨거운 정 넘쳐흐르는데

다시 만남을 기약하는
짧은 이별의
한잔 술 가슴에 담는다.

3뿌리

하늘이 얼마나 높은지
바다가 얼마나 깊은지 모르는
아둔함을 깨우쳐 보려
긴 밤을 뜬눈으로 지새웠다.

옛 어른이 말씀하시길
사람이 살아가는데
3뿌리를 조심하라 하였다.

입 뿌리 손 뿌리 그것 뿌리!

손전화기에 가득 담겨
넘쳐 흐르는 시어와 댓글
가끔은 가슴에
생채기를 남긴다.

손 뿌리를 잘 못 놀려
세계적 망신을 당한 모 군의회 의원 나리들
입 뿌리를 잘 못 놀려 세상을 시끄럽게 하고
그것 뿌리를 잘 못 놀려
큰 뜻을 접어야 하는 모 전 지사

우리 모두 뒤돌아보아야 할 생각 이리라!

글을 쓴다는 것은
손 뿌리를 놀리는 일인데
한 단어의 글에
마음의 깊은 상처를 주어
소송으로까지 번지는 일들이
비일비재하지 아니하는가?

독자의 관점에서
배려하고 깊은 지식을 가르침 하며
자신을 낮추는 겸손의 예를!
시인이기 전에, 문인이기 전에
인간의 도리를 먼저
깨우치려는 노력
게을리하여서는 아니 되리라!

밤새 추적거리던 비가 그치고
동쪽 하늘 여명이 밝아온다.
자신을 뒤돌아본다.
한없이 보잘것없음을

비양도(飛楊島)

북쪽에서 불어오는 살가운 바람
외로이 혼자 맞으며
옛사랑 그리워
밤새워 눈물 짓는다.

하얀 파도에
밀려오는 그리움
가슴에 고이 간직하고
말 못 할 사연을
눈물에 담아
갈매기 울음소리에 실려 날린다.

한숨 내뱉는
거친 숨소리에
뽕나무 열매
오디가 검은빛 색채 띄우고
외로운 등대 기지개 켠다.

섭리(攝理)

꽃이
피고 지는 것은
또 다른 꽃을 피우기 위함이고

동녘 하늘의 여명(黎明)은
어둠의 숲을 지나
또 다른 세상을 밝히기 위함인 것

가슴에 묻혀버린
그리움의 추억은
먼 훗날
아름다운 그리움으로
태어나게 하며

몸뚱이
썩어 문드러진 고목(古木)
아픔의 고통을 인내(忍耐)하는 것은
화창한 봄날
푸르름의 새싹을
돋아내기 위함인 것이리라,

우리네 삶
무엇을 위하여
살아가는 것일까?

나를 찾아서

강한익 제2시집

2021년 1월 15일 초판 1쇄
2021년 1월 20일 발행
지 은 이 : 강한익
펴 낸 이 : 김락호
디자인 편집 : 이은희
기 획 : 시사랑음악사랑
연 락 처 : 1899-1341
홈페이지 주소 : www.poemmusic.net
E-Mail : poemarts@hanmail.net

정가 : 10,000원

ISBN : 979-11-6284-257-7